L'HIRONDELLE

Athénienne,

PAR Mlle D'HERVILLY.

Au Profit des Grecs.

Paris,

BOSSANGE FRÈRES, RUE DE SEINE, N° 12;

FIRMIN DIDOT, PÈRE ET FILS,

RUE JACOB, N° 24;

ET CHEZ LES MARCHANDS DE NOUVEAUTÉS.

1825.

Y

L'HIRONDELLE

Athénienne.

34139

IMPRIMERIE DE FIRMIN DIDOT,
IMPRIMEUR DU ROI ET DE L'INSTITUT, RUE JACOB, N° 24

Imp. lith. de F.Noel

Leonidas   ami, reveille toi !
Viens la revoir encor, la Grèce est sous ma loi.

L'HIRONDELLE

Athénienne,

Par Mme D'HERVILLY.

....
Au Profit des Grecs.
....

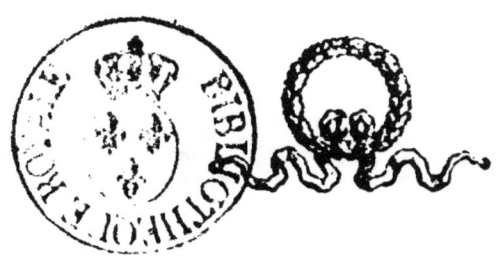

Paris,

BOSSANGE FRÈRES, RUE DE SEINE, N° 12;

FIRMIN DIDOT, PÈRE ET FILS,

RUE JACOB, N° 24;

ET CHEZ LES MARCHANDS DE NOUVEAUTÉS.

....

1825.

Tout le monde sait que les anciens supposent l'Hirondelle fille d'un roi d'Athènes dont ils placent le règne environ quatorze siècles avant l'ère chrétienne. Cette origine grecque, et tout héroïque, m'a fait choisir cet oiseau pour l'importante mission qui lui est confiée. L'expérience que donnent le temps et le malheur, l'amour qu'inspire la patrie, l'élèvent à la hauteur des grands intérêts qu'il est chargé de défendre.

J'ai tâché de faire dominer dans cet ouvrage le sentiment de la religion et de la liberté; mobile puissant qui soutient seul les malheureux Grecs dans leurs continuelles alarmes.

Si j'ai placé la scène dans un salon somptueux où se trouvent à la fois réunis la jeunesse et les dépositaires du pouvoir; au milieu d'une fête, dont je ne fais la description que pour amener la présence de l'Hirondelle, c'est qu'au sein même de leurs plaisirs, l'ame des Français s'ouvre aux impressions grandes et généreuses ; c'est que les noms sacrés de patrie et de liberté ne leur sont jamais prononcés en vain, par l'humanité souffrante.

Je désire que mon Hirondelle touche ceux dont l'influence politique, ou la richesse, peut secourir cette Grèce nouvelle qui, pour se soustraire à la barbarie, nous apparaît avec tout l'héroïsme de l'ancienne Grèce.

L'HIRONDELLE

Athénienne.

Dans la grande cité par la Seine embellie,

Séjour de la raison, séjour de la folie,

S'élevait un salon décoré par Plutus;

Les plus riches produits de l'Inde et du Potose,

Avec profusion s'y trouvaient répandus;

L'hiver sur le printemps avait conquis la rose;

A l'odorat s'offraient les suaves odeurs

Des parfums d'Arabie et de ces tendres fleurs

Qu'à l'heure des frimas une main prévoyante

Avait su dérober à l'atteinte glaçante

Des aquilons cruels, tyrans de nos climats;

Le luxe que l'orgueil entraîne sur ses pas,

Dans ce vaste palais, où regnait l'opulence,

Éblouissait les yeux par sa magnificence.

Respirant le plaisir dans ces lieux enchantés,

Une foule, à la fois et bruyante et nombreuse,

Attendait de l'hiver l'aurore paresseuse.

On y voyait briller mille jeunes beautés.

Pour embellir encor les dons de la nature,

L'art avait à grands frais composé leur parure;

De leurs légers habits, de leurs souples cheveux,

Le caprice et la mode avaient formé les nœuds;

De Golconde, surtout, la stérile richesse

Éclatait sur leurs fronts sans parer leur jeunesse.

Près d'elles voltigeaient de jeunes courtisans,

Plus polis qu'amoureux, moins tendres que galants,

Favoris de ce dieu qu'on adore à Cythère,

Moins jaloux d'être aimés que désireux de plaire.

Plus graves se montraient les hommes du pouvoir,

Décorés des faveurs que leur orgueil implore,

Fiers de les posséder, jouissant de l'espoir

D'en obtenir bientôt de plus grandes encore.

Au son des instruments les plus harmonieux,

La foule, partagée en des groupes nombreux,

Se livrait aux transports d'une joyeuse ivresse;

Terpsichore excitait la plus vive allégresse.

Tout-à-coup on entend une lugubre voix,

Des sons tendres, perçants et plaintifs à la fois....

Des accents douloureux, comme ceux d'une mère

Qui gémit au tombeau d'une fille trop chère.

Tout s'arrête soudain... on écoute... on attend...

On regarde partout, et toujours on entend

Cette voix déchirante et ces cris de détresse!

D'où vient ce bruit étrange?... on accourt... on s'empresse...

On est ému... chacun s'interroge en tremblant.

On voit d'un vent léger la lumière agitée...

La vue est aussitôt à la voûte portée...

C'était une hirondelle... et son aile en volant

Suivait l'orbe élevé de cette vaste enceinte.

Dans les cœurs à l'instant se dissipe la crainte,

Et l'étonnement seul occupe les esprits.

Attentifs à son vol tous les regards surpris,

Cherchaient à deviner le sujet de sa plainte.

Auprès des jeunes fleurs qui décoraient ces lieux,

S'élevait d'un cyprès l'éternelle verdure;

L'oiseau vient s'y poser, et son touchant murmure

Sur les sombres rameaux attache tous les yeux.

« Pourquoi dans nos climats, hirondelle jolie?

« Dit la jeune Chloris; notre terre est flétrie;

« Sur elle vont encor souffler les noirs autans;

« Pour elle ne luit pas l'aurore du printemps :

« A peine elle entrevoit l'astre qui la colore.

« Elle ne ressent pas la féconde chaleur

« Qui fait chanter l'oiseau, qui fait s'ouvrir la fleur;

« Dans la plaine des airs l'hiver domine encore.

« Il glacerait ton aile, évite son courroux,

« Hirondelle plaintive, ah! reste auprès de nous;

« Des climats de Phébus imprudente transfuge,

« Dans ces aimables lieux accepte un doux refuge. »

« Ce n'est point un abri que réclame ma voix,

Dit l'oiseau, qu'à parler un soin si doux engage;

Des intérêts plus chers m'amènent sous vos toits.

Mon aile a parcouru l'européen rivage,

J'ai traversé les mers et j'ai bravé l'orage,

De l'Europe glacée en vain j'ai fait le tour,

Mes cris ont fatigué la nuit sombre et le jour.

J'ai vu le czar, j'ai vu le chef de Germanie,

L'impuissant Espagnol, et la triste Ausonie,

Hélas! je n'ai trouvé chez tous ces souverains

Que froide indifférence et calculs inhumains. »

« Des chrétiens d'Orient je suis la messagère :
Français, des nations ils réclament les droits ;
Pour maintenir un titre acquis par leurs exploits,
Ils ont guidé vers vous mon aile passagère. »

« Repoussez, repoussez le Croissant odieux
    Du sol antique habité par les dieux,
        Par les dieux que chantait Homère ;
        Délivrez-la d'un joug honteux,
Cette terre sacrée à tous les arts si chère,
Si chère au dieu des Grecs que vous servez comme eux. »

« Femmes, je suis PROGNÉ ¹... J'eus pour époux Térée ;
Comme vous je fus belle, et je fus adorée.
Mon front, que du tombeau ternissent les couleurs,
Ceignait le diadème et se parait de fleurs.
A mes pieds je voyais la Thrace obéissante

Demander un sourire à ma bouche puissante ;

Les flatteurs me disaient que tout m'était soumis,

Et que, pour se venger, aux rois tout est permis :

Les pompes du pouvoir trompèrent ma jeunesse.

Mon époux mutila l'objet de ma tendresse ;

Parjure, incestueux et cruel tour-à-tour,

En outrageant ma sœur, il trahit mon amour.

L'orgueil vint exciter ma jalouse vengeance,

Et l'enfant de Térée expia mon offense.

Depuis ce temps mes yeux cherchent toujours mon fils ;

Ma voix redit partout : Itys, mon cher Itys !

Nul son mélodieux n'embellit mon ramage,

Et d'un deuil éternel ma plume offre l'image.

Je retrouve la paix en servant les humains,

J'annonce au nautonier les orages lointains.

Victime d'un tyran, je hais la tyrannie.

Mon cœur chérit toujours Athènes ma patrie ;

Et j'ai vu sur la Grèce, ô touchant souvenir !

Trente siècles renaître et lentement finir.

Sur elle a trop long-temps régné la barbarie.

A l'aide des combats elle brise ses fers :
Écoutez le récit des maux qu'elle a soufferts. »

———————

« Par le Croissant impur la Grèce était conquise ;
Mais son joug odieux ne l'avait point soumise.
En vain il la couvrait de son obscurité.
Quatre siècles de maux, d'esclavage et de haine,
Quatre siècles entiers rivaient sa lourde chaîne
Et retrouvaient encor le Grec persécuté,
Amant de la patrie et de la liberté.
De la soumission s'il empruntait l'image ;
Sous un aspect trompeur [2] dissimulant sa rage,
Dans l'ombre et le silence il nourrissait l'espoir
De s'affranchir un jour d'un injuste pouvoir.
La terreur quelquefois peut conduire à la feinte.
Dans l'excès du malheur quand il cède à la crainte,
Le peuple sait garder un profond souvenir ;
Long-temps il peut se taire, il peut long-temps souffrir ;

Mais lorsque de ses droits il reprend la puissance,
Tout succombe à l'instant sous sa juste vengeance.
Telle une onde irritée engloutit les vaisseaux
Qui triomphaient naguère et dominaient les flots;
Et tel, sort de la terre un volcan redoutable;
Quand les siècles passés l'ont vu silencieux,
En un jour il éclate, il menace les cieux;
Tout brûle et disparaît sous sa lave effroyable
A l'aspect de l'abîme ouvert par sa fureur,
Les siècles à venir sont frappés de terreur. »

«Aux temps où le Croissant enchaînait leur courage,
Tous les Grecs n'étaient pas flétris par l'esclavage.
Sur ces monts redoutés, dans ces antres fameux,
Sur le Pinde et l'Olympe, antique et noble asile,
Sur le Taygète, au front imposant et tranquille,
Que n'osait approcher le Koran ténébreux ³,
Sparte avait conservé des descendants nombreux.

Libres, ils supportaient les maux de l'indigence;
Ils souffraient, et pourtant ils chantaient leur souffrance [4].
Ils attendaient, voisins et des cieux et des vents,
Que la Grèce asservie appelât ses enfants.
Elle s'éveille enfin cette Grèce adorée !
Ipsylanti paraît, sa bouche est inspirée [5];
Elle crie : Aux combats, vengeance et liberté !..
Ce cri par tous les Grecs est soudain répété,
La plaine à son secours appelle les montagnes;
Alors on voit descendre au milieu des campagnes
Ces enfants indomptés, ces Klephtes [6] valeureux,
Comme descend des monts le torrent écumeux. »

« Tout s'éteint dans les fers et même le génie:
Mais quand la liberté chasse la tyrannie;
En sortant à sa voix d'un indigne repos,
Les peuples ranimés enfantent des héros. »

« Ainsi que dans la nuit éclatent les étoiles,

Tels en Grèce ont paru Botzaris, Nicétas,

Colotroni, Maina, Sachtouris et Gouras,

Et Miaoulis auquel obéissent les voiles,

Et Mavrocordato, guerrier législateur,

Et ce fier ennemi du Koran imposteur,

Ce vaillant Canaris qui marche avec la foudre,

Rase comme Alcyon la surface des eaux,

Et de son frêle esquif embrase et met en poudre

Ces colosses fameux, ces immenses vaisseaux,

Terribles messagers du Bosphore en colère,

Dont les humides flancs transportaient le tonnerre

Où le divan superbe avait mis son espoir.

Vous tous qui du Croissant affrontez le pouvoir,

O généreux vengeurs de la Grèce nouvelle,

Qui donnez votre vie en combattant pour elle,

Au temple de mémoire où brillent vos aïeux,

La patrie a placé tous vos noms glorieux. »

2

« Grèce antique, jamais tes beaux jours de victoire,
Ces jours où triomphant le civique laurier
Couronnait de tes fils le front libre et guerrier,
N'ont vu plus de travaux, plus d'amour et de gloire;
Mais combien de revers, d'héroïques douleurs,
Que d'efforts, de dangers et d'illustres malheurs! »

« Des chrétiens d'Orient je suis la messagère;
Français, des nations ils réclament les droits.
Ils ont guidé vers vous mon aile passagère,
Pour maintenir un titre acquis par leurs exploits. »

———

« Les Grecs aux premiers jours de leur sainte vengeance,
N'avaient point des combats l'utile expérience.

L'inflammable bitume et les foudres d'airain[7],

Ne servaient pas encor leur indigente main.

Sans appui, sans secours, dans leurs vives alarmes,

Le courage les guide et leur forge des armes.

Ils arrachent le fer des outils du labeur;

Ils en forment ces dards, ces pointes acérées

Qui, dans un bois léger introduites, serrées,

Du farouche Ottoman savent trouver le cœur.

A l'appel que lui fait cette Grèce si chère,

L'héroïsme est sorti du sein de la misère.

D'un long enfantement oubliant la douleur,

La mère suit l'époux au milieu du carnage[8];

Elle lance des traits, anime son courage,

Appelle la victoire, et servant tour-à-tour

La liberté, son Dieu, la patrie et l'amour,

Elle porte aux combats le fruit de sa tendresse,

L'attache à son épaule ou sur son cœur le presse;

L'offre aux baisers d'un père, à son tendre transport;

Le soustrait aux dangers dont elle est poursuivie,

Et sait garder ainsi dans les champs de la mort

Celui qui vient d'entrer dans le champ de la vie. »

« Abjurant de son âge et la grace et la peur,
L'enfant même, l'enfant dans sa jeune fureur,
Transforme son jouet en un glaive inutile,
Et d'objets impuissants arme son bras débile.
Au nom de ses tyrans il frissonne d'horreur;
Il veut comme leurs mains rendre ses mains cruelles,
Et cherche pour ses jeux leurs têtes infidèles 9 ».

« Un même zèle éclate aux rangs plus élevés.
Contre leurs oppresseurs tous les Grecs soulevés,
Prêtent à la patrie un secours unanime.
Voyez de Spezzia la fille magnanime,
Admirez sa constance et son noble courroux.
C'est Bolbina ¹⁰, fidèle et courageuse épouse,

De servir son pays sa vengeance est jalouse;

Le cordon du sultan lui ravit un époux.

C'était un prince grec, fameux par sa vaillance;

On voulait ses trésors, on craignait sa puissance.

Mais ces mêmes trésors ont armé trois vaisseaux;

Bolbina les commande, et régnant sur les eaux,

C'est Bellone elle-même en sa marche guerrière.

Elle tient dans sa main la torche incendiaire;

Le vaisseau qu'elle attaque à l'instant consumé,

S'abîme sous les feux du bitume enflammé.

Et Bolbina triomphe, et cette illustre mère

A ses trois jeunes fils apprend l'art de la guerre. »

« Des autels d'Orient les prêtres vertueux

Arment leurs saintes mains, volent à la victoire

Pour sauver la patrie et pour venger Grégoire [1],

Dont quatre-vingts hivers ont vu le front pieux.

Ce patriarche saint, des vertus le modèle,

Dans un jour, des chrétiens en tout temps révéré,
Venait de célébrer le mystère sacré,
Sortait du sanctuaire, et sa voix solennelle
Louait encor de Dieu la puissance éternelle.
Le respect et l'amour avaient baissé ses yeux,
Qui ne se relevaient que pour chercher les cieux.
Vers la porte du temple avec pompe il s'avance;
Il va franchir le seuil, lorsque vers lui s'élance
Un groupe d'assassins, monstres dévastateurs,
De l'aveugle Koran sauvages sectateurs.
Toujours calme et serein le pontife s'arrête;
A recevoir la mort sa grande ame s'apprête;
Et déja devant lui les cieux se sont ouverts.
De ses yeux inspirés jaillissent des éclairs.
« Fuyez, dit-il, de Dieu redoutez la puissance ».
Les soldats du Croissant suspendent leur vengeance;
Il leur semble à ces mots entendre dans les airs
Tonner ce Dieu puissant comme au sein des tempêtes.
L'effroi les a glacés..... ils inclinent leurs têtes,
Reculent à l'aspect du prêtre du Seigneur.

Ils vont fuir et céder à cet heureux prodige ;
Mais, hélas! Mahomet dissipe le prestige.
Leur cruauté renaît, et bientôt, ô douleur!
Ces tigres sur le juste épuisent leur fureur.
Depuis ce jour cruel cette ombre qu'on vénère,
Prête aux malheureux Grecs un appui tutélaire.
Quand la nuit va chasser le jour à son déclin,
On la voit apparaître et doucement sourire ;
Elle vient consoler la veuve et l'orphelin ;
Elle donne aux mourants la palme du martyre ;
Et sa voix qui s'élève au moment des combats,
Anime les guerriers qu'épargne le trépas. »

« La liberté triomphe et plane sur la Grèce,
A sa voix tout renaît, et ses célestes chants [12]
Au milieu des dangers répandent l'allégresse.
Je l'ai vue inspirer ses courageux enfants
Aux instants de douleur comme aux jours de victoire:

Ils chantent leurs revers ou célèbrent leur gloire;
En nommant la patrie ils vont chercher la mort.»

«Une invincible armée à Psara réunie [13]
Par l'indigne Albanais est vendue et trahie;
Il serait impuissant le plus vaillant effort :
«Amis, il faut mourir, dit son chef intrépide,
Mais mourir en vainqueurs et braver le destin.»
Sur un volcan de soufre où lui-même les guide
Se placent tous les Grecs... Vers eux d'un pas rapide
S'avance l'Ottoman du triomphe certain;
On le laisse approcher.... on recule.... et soudain
S'allume en éclatant le salpêtre terrible;
Tout cède à sa fureur!.... Par sa force invincible
Le rocher d'Ipsara va mesurer les cieux,
Et bientôt retombant il sonde les abîmes.
Enlevés avec lui, volontaires victimes,
Ces généreux guerriers expirent dans les feux,
Et leurs fiers ennemis succombent avec eux.

Jusques au fond des mers leurs chutes retentissent,

Jusques à leur sommet les vastes cieux frémissent.

Ce devoûment sublime atteste le pouvoir

Dont la liberté sainte arme le désespoir ;

Sur ces débris sanglants chante encore la Grèce !

Pour combattre et mourir elle renaît sans cesse,

L'accent de sa douleur est partout répété :

Au bruit de tant de maux cruellement paisible,

L'Europe la contemple et demeure impassible ;

Et depuis cinq hivers sa froide impiété

Vient opposer à Dieu la légitimité !»

« O Louis ! quand s'armait ta main sainte et fidèle,

Quand de nombreux guerriers accompagnant tes pas,

Cherchaient dans l'Orient un glorieux trépas,

Tu croyais légitime une cause aussi belle :

Du séjour où depuis te plaça ta vertu,

O père des Bourbons, ô Louis ! que dis-tu ?

Lorsque tu vois l'Europe en sa froideur cruelle
Par son inaction protéger l'infidèle,
Tu frémis comme nous quand tu vois des chrétiens
De l'impie Ottoman devenir les soutiens,
Et par de froids calculs guidant leur barbarie,
Aux pachas musulmans transmettre pour de l'or,
Des préceptes guerriers le dangereux trésor.
Je sais, Français, je sais que leur gloire est flétrie,
Que vous les réprouvez, qu'ils n'ont plus de patrie;
Mais les justes mépris dont vous les couvrirez
Pourront-ils ranimer ces vieillards massacrés,
Ces femmes, ces enfants, victimes déplorables,
Que livrent aux Osmans [14] leurs leçons exécrables? »

« Je vous ai signalé ces indignes chrétiens,
Hommage, hommage à vous, généreux citoyens
Qui secourez la Grèce en sa noble indigence,
Qui recevez ses fils, éclairez leur enfance,

Pour en former plus tard des hommes tels que vous.

Age heureux où du sort on méprise les coups,

Du siècle noble espoir ! studieuse jeunesse,

Qui de la Grèce antique épuises la sagesse,

Pour servir le présent et doter l'avenir;

Les deniers que tes soins réservaient au plaisir,

Tes mains les ont donnés à la nouvelle Grèce.

Mais ces dons et ces vœux répétés tous les jours,

Ils ne suffisent point, il faut d'autres secours! »

« Des chrétiens d'Orient je suis la messagère ;

Français, des nations ils réclament les droits :

Ils ont guidé vers vous mon aile passagère;

Pour maintenir un titre acquis par leurs exploits. »

« Sur le Pinde un moment je reposais mon aile.

L'aube chassait la nuit; à l'horizon vermeil

Quelques rayons dorés, précurseurs du soleil,

Annonçaient à la terre une chaleur nouvelle.

La nature jamais n'avait paru si belle;

Dans les airs parfumés de suaves odeurs,

S'élevaient lentement de légères vapeurs ;

Une majesté sainte ornait le paysage,

Tout semblait du soleil célébrer le retour:

A mes regards surpris se montre le passage

Qui de Léonidas a vu le dernier jour.

Là des Amphictyons la main reconnaissante [15]

A placé du héros la tombe triomphante,

Dont le marbre, du temps est encor respecté.

Je pensais à la gloire, à la palme immortelle

Que donne la patrie à qui combat pour elle;

Quand je vis près de moi passer la Liberté.

Qu'elle était séduisante en sa noble fierté!

Sa main tenait un glaive et la sainte balance

Qui pèse le mérite et non pas la naissance.

Dans les airs un moment son vol s'est arrêté:

Sur la tombe ses yeux se fixent immobiles....

Et bientôt, d'une voix connue aux Thermopyles :

« Léonidas, dit-elle, ami! réveille-toi!

Viens la revoir encor, la Grèce est sous ma loi;

Et sur ces monts fameux a retenti son foudre.

La tombe, ce séjour de l'éternel repos,

S'est ouverte à mes yeux.... et soudain le héros

Des siècles d'esclavage a secoué la poudre!

S'élèvant radieux avec l'astre du jour

Et saluant la Grèce, objet de son amour,

Il a vu ses enfants couronnés par la gloire

Et sa voix a chanté l'hymne de la victoire. »

Liberté! que l'on doit redouter ton courroux!

Si tes bienfaits sont grands, qu'ils sont cruels tes coups!

« Sur le vaste Océan, dans ma course légère,

Je me trouvais un soir au stérile rocher

Où la fatigue seule appelle le nocher.

Je vis Napoléon dans sa tombe étrangère;

Son ombre gémissait, esclave et solitaire :

Un silence effrayant régnait seul en ces lieux

Qui n'ont pour horizon que la mer et les cieux.

Pour le punir encor de son ingratitude,

La Liberté, sa mère, avait chargé les vents

De lui porter des Grecs les hymnes triomphants.

Au son qui ranima sa triste solitude,

Aux chants religieux de ce peuple vainqueur,

De cruels souvenirs déchirèrent son cœur,

Et lui vinrent tracer les heures fortunées

Où la France, en la gloire espérant le bonheur,

Au soldat citoyen fiait ses destinées!...... »

« Pour la cause des Grecs Dieu se montre toujours,

Et de nombreux bienfaits attestent son secours.

C'est lui, c'est ce grand Dieu qui féconde la terre,

Dont la puissante main protége leur misère ;

Qui pour les éclairer fait renaître à leurs yeux

Les savantes clartés, flambeaux de leurs aïeux.

Contre les Musulmans éclate sa vengeance :

L'antique Acropolis était en leur puissance ;

Là de toute la Grèce ils méprisaient l'effort :

Dieu fit planer sur eux son ange de la mort,

Il refusa la pluie à leurs lèvres ardentes,

Il priva de froment leurs bouches expirantes ;

Et quand la Grèce enfin eut repris à son tour

Athènes, cet objet d'un éternel amour,

Des cieux qu'au même instant couvre une nuit profonde

Sur la terre soudain Dieu fit descendre l'onde [16].

Ce dieu dont votre main encense les autels,

Et qui de sa bonté comble tous les mortels,

Il ne vous suffit pas de fréquenter son temple;

Il veut de votre amour un plus puissant exemple,

Pour ses fils d'Orient il vous parle aujourd'hui;

Vous le pouvez encor, devenez leur appui. »

Refuge heureux des arts ! ô belle et noble France !
Des peuples du Midi protége la puissance ;
Crains le Nord ; ce géant, de son pôle glacé,
Sur tes heureux climats tient son regard fixé.
Il envie à tes cieux leur chaleur fécondante.
Comme son attitude est déja menaçante !
France, pour t'asservir, ses nombreux nourrissons
Croissent comme l'épi de tes riches moissons. »

« Depuis quatre printemps unissant leur furie,
L'infidèle d'Europe et celui de l'Asie,
Le perfide Albanais, l'esclave Égyptien
Vainement au Croissant ont prêté leur soutien.
Lorsque Dieu sur Memphis lançait dans sa colère
Les insectes rongeurs qui désolent la terre,
Leurs flots tumultueux et leurs noirs tourbillons
N'égalèrent jamais les nombreux bataillons
Qu'en ses saintes fureurs a dévorés la Grèce.
La prudence toujours supplée à sa faiblesse.

Si de brillants succès couronnent sa valeur,

Sa force elle la doit à l'excès du malheur.

Tel un fragile esquif sur une mer profonde

N'a pour appui que l'air et pour soutien que l'onde,

Et par un art heureux, des vents trompant l'effort,

Vainqueur des éléments il entre dans le port. »

« Mais vous le savez trop, vous enfants de la France,

Que pour vaincre toujours, toujours il faut du sang :

Celui des Grecs s'épuise et n'est point renaissant.

Le fils qui d'une mère est la douce espérance,

Et que vingt ans de soins avec peine ont formé,

Par la guerre en un jour voit terminer sa vie.

La fleur de sa jeunesse à la Grèce est ravie;

Contre tous ses enfants l'Islamisme est armé,

Mahomet en fureur jure de les éteindre.

Dans Chio, du sang grec vous l'avez vu se teindre;

Vous voyez tous les jours ce beau sang ruisseler [17],

3

Les enfants massacrés sur le sein de leur mère,
Le père sur un pal lentement exhaler
Le douloureux soupir, terme de sa misère,
Et l'autel des chrétiens!.... vous le voyez brûler !!! »

«Contre eux n'alléguez pas les droits de la naissance,
Car la Grèce à son tour fera luire à vos yeux
Avec ses fils chrétiens leurs antiques aïeux,
Les exploits du passé, la présente vaillance.
Ce cruel Mahomet, ce prophète imposteur,
Du trône d'Orient n'est qu'un usurpateur;
Ennemi de la croix qui régnait dans Bysance,
Il en chassa les Grecs et ravit leur puissance.
Son droit!.. ô rois chrétiens, le temps peut-il jamais
Légitimer le crime, absoudre les forfaits? »

«Après tant de combats si la Grèce épuisée
Par l'affreux Islamisme est encor écrasée ,

Dieu ! détourne les maux dont je prévois l'horreur !
Vous verrez pour jamais sa splendeur éclipsée,
Le fer du Musulman se plonger dans son cœur,
En sortir tout sanglant et s'y plonger encore !!
Le Grec, vous le verrez du couchant à l'aurore
Errer comme les fils de l'antique Sion,
Ou, forcé d'abjurer sa sainte mission,
Recevoir le turban et sa loi criminelle ;
Plus faible qu'un roseau par le vent agité,
Passer de l'espérance à la fatalité,
Des autels de la foi près d'un maître infidèle ! »

« O rois européens qu'invoque leur malheur,
S'il ne reste des Grecs qu'un sol accusateur !...
Dans vos félicités oubliant leur souffrance,
Si votre politique ou votre indifférence
Sacrifie au Croissant l'auguste liberté,
Que répondront vos fils à la postérité ? »

3.

Alors Progné se tut : sa voix faible et plaintive

Avait fixé long-temps une foule attentive ;

Les flambeaux, que de l'aube a pâlis le retour,

S'effaçaient à l'aspect de la clarté du jour.

Abandonnant ces lieux, l'agile messagère

Balance dans les airs l'aile noire et légère

Dont le rapide essor l'élève jusqu'aux cieux.

Du soleil renaissant le reflet la colore,

Vers l'humide Albion la suivent tous les yeux,

Et sa voix en fuyant gémit et dit encore :

« Repoussez, repoussez le Croissant odieux

    Du sol antique habité par les dieux,

        Par les dieux que chantait Homère;

        Délivrez-la d'un joug honteux

Cette terre sacrée à tous les arts si chère,

Si chère au Dieu des Grecs que vous servez comme eux. »

O Grèce, ô toi qui causes mon délire,
Mon cœur dédie à tes nobles exploits
    Les premiers accents de ma voix,
    Les premiers accords de ma lyre :
Ces faibles vers, daigne les adopter.
Hélas! pour toi je ne puis que chanter;
Mon sexe me défend d'affronter la tempête.
    De tes droits poursuis la conquête;
    Bannis l'intrigue et la division,
Car la force d'un peuple est dans son union.

Et vous guerriers, vous à qui la patrie
A déféré l'honneur de guider ses enfants,
    Courbez vos fronts obéissants
    Devant cette mère chérie.
Par les combats vengez la liberté;
    Mais ne triomphez que pour elle:

Du guerrier qui la sert la gloire est immortelle;
Et son nom, à jamais des âges respecté,
Brille d'un pur éclat dans la postérité.

NOTES.

(1) Femmes, je suis Progné...

Progné, fille de Pandion, huitième roi d'Athènes, épousa Térée, roi de Thrace. Pour se venger de son époux, qui avait outragé sa sœur Philomèle et lui avait ensuite coupé la langue, elle immola son fils Iphis; elle fut changée en hirondelle.

(*Métamorphoses d'Ovide.*)

(2) Sous un aspect trompeur dissimulant sa rage.

La ruse est l'arme de la faiblesse opprimée. L'héroïsme et la loyauté des Grecs montagnards, qui n'ont jamais sub le joug des Turcs, prouvent que la dissimulation n'est en Grèce que l'effet de la servitude.

(3) Que n'osait approcher le Koran ténébreux.

Les Musulmans ne pénétrèrent jamais sur les monts où s'étaient réfugiés les Grecs restés libres.

(4) Ils souffraient, et pourtant ils chantaient leur souffrance.

Lisez les *Chants populaires de la Grèce moderne*, traduits en prose par M. Fauriel, et en vers par M. Népomucène Lemercier.

(5) Ipsylanti paraît, sa bouche est inspirée.

Ce fut Alexandre Ipsylanti qui, le premier, leva l'étendard de la liberté. Ses proclamations, dictées par l'enthousiasme qu'inspire une aussi belle cause, électrisèrent les Grecs, et furent pour eux le signal des combats.

Ipsylanti perdit plusieurs batailles par la défection des Albanais. Forcé de se réfugier en Autriche, il comptait sur l'intérêt que doit inspirer le courage malheureux !.... il n'y trouva qu'une prison !...

(6) Ces enfants indomptés, ces Klephtes valeureux.

Nom des montagnards libres de la Grèce. (Voyez les chants populaires des Grecs, et l'ouvrage de M. Pouqueville.)

(7) L'inflammable bitume et les foudres d'airain
Ne servaient pas encor leur indigente main.

Avant la Guerre actuelle, les Turcs faisaient de fréquentes

perquisitions chez les habitants des villes, et enlevaient les armes. Les seuls montagnards possédaient de la poudre et du plomb. Sans aucun des moyens de vaincre, les premiers succès des Grecs tiennent du prodige.

(8) La mère suit l'époux au milieu du carnage.

Les ouvrages de M. Pouqueville et les Chants populaires prouvent que les femmes grecques combattaient comme leurs époux, et les égalaient en héroïsme et en courage.

(9) Il veut comme leurs mains rendre ses mains cruelles,
Et cherche pour ses jeux leurs têtes infidèles.

L'exaspération était si forte et si générale, que les enfants grecs demandaient des têtes de Turcs *pour jouer aux boules.* Ce fait connu a été certifié à l'auteur par MM. Vitali, dont les courageux efforts ont contribué à l'affranchissement de leur patrie.

On s'étonnera peut-être de trouver à l'enfance des sentiments aussi cruels; mais qu'on réfléchisse aux malheurs du peuple grec pendant sa longue captivité. Des pyramides de têtes attestaient partout la cruauté des Turcs. Le père passant à côté de ces ossements blanchis par le temps, les montrait à son fils, faisait passer dans son jeune cœur des sentiments héréditaires de vengeance, et l'accoutumait ainsi à des idées toutes contraires aux douceurs dans lesquelles sont élevés les enfants de nos villes.

(10) C'est Bolbina...

Bolbina ou Bobolina, épouse d'un prince grec qui fut étranglé par l'ordre de la Porte, était née à Spezzia.

(11) Pour sauver la patrie et pour venger Grégoire.

Grégoire, patriarche de l'Église grecque, au moment où il allait sortir de l'église, et revêtu encore des habits pontificaux, fut pendu à Constantinople le jour de Pâques, ainsi que trois archevêques qui avaient officié avec lui. La note ci-jointe, extraite de l'*Histoire des Événements de la Grèce*, par M. Raffenel, page 68, fera connaître quel était cet homme vénérable.

«.Grégoire était ermite dans une contrée de la Morée. Il fut appelé à la dignité patriarcale dans des « moments difficiles, et s'en démit volontairement pour re- « gagner sa tranquille retraite. Mais la Porte, qui avait su « apprécier ses éminentes qualités, l'en arracha bientôt « pour le forcer à reprendre la crosse apostolique : il revint « encore après quelques années jouir du calme de la retraite. « Simple anachorète, il oubliait déja les dignités dont il « avait été revêtu, lorsque les évêques l'élurent une troi- « sième fois. Il retourna à Constantinople, où il fut immolé. »

(12) Tout s'anime à sa voix, tout renaît et ses chants.

Les poésies des Grecs modernes respirent l'amour de l'indépendance, et montrent le besoin qu'ils ont d'occuper leur vive et brillante imagination. Rhigas, poète grec, avait composé une foule d'hymnes patriotiques dont sa vie paya' le succès. L'Autriche, où il s'était réfugié, le livra aux Turcs.

(13) Une invincible armée à Psara réunie.

La garnison d'Ipsara, trahie par les Albanais, se retira

dans le fort situé sur un rocher. Elle s'y fit sauter, entraînant avec elle les ennemis qui l'environnaient.

(14) Que livrent aux Osmans...

Par abréviation d'Osmanlis (Voyez *les chants populaires par M. Lemercier.*)

(15) Là des amphictyons la main reconnaissante.

« Il existe encore, à peu près au milieu du passage des « Thermopyles, sur l'un des revers de la gorge, un vieux « monument: c'est le tombeau que le conseil des Amphictyons « fit élever à Léonidas et à ses vaillants compagnons au nom « de la Grèce reconnaissante » (Extrait de *l'Histoire des événements de la Grèce*, par M. Raffenel.)

(16) Des cieux qu'au même instant couvre une nuit profonde
    Sur la terre soudain Dieu fit descendre l'onde.

Les Turcs retranchés dans la citadelle d'Athènes, manquaient de vivres et d'eau. Une pluie abondante tomba le jour même où les Grecs y rentrèrent. Ce fait est connu et a été confirmé à l'auteur par MM. Vitali.

(17) Et deux lunes ont vu ce beau sang ruisseler.

Le massacre de Chio, arrivé en 1822, dura pendant les deux mois de mai et juin.